往事在记忆里流浪

王琪博 著

译林出版社

目 录

矮子之歌

多年来你一直跟在我身后
踩着我的影子走自己的人生路
如今你已五十了
路虽走得长可仍就矮得像只乌龟
有时你鼓足勇气走在我的前面
我就不知不觉走上了斜道
你教坏我两个儿子
气死我的一个丈母娘
你仍是我最好的兄弟

多年来你一直睡在我客厅
帮我挨刀挨枪过着侠客的日子
如今你知天命了还把自己当老婆
有时你仍然是个哲学家
你冷嘲李白热讽徐志摩
说诗歌不能当饭吃

你是想让老子走老路去赚钱
你好重新过上吃喝嫖赌的日子
只可惜你的人头长不到我的项上

多年来你跟在我句子后面像个标点符号
帮我传递着意犹未尽的表述
其实你早已大半截身子入土了还食不饱肚
一顿当作三顿吃三天当作一天过
有时你把老子当天才在看待
有时却把老子当弱智在打发
你说老子两个是尝尽人间百味的人
要吃就吃苦　要么就吃人
说得自己像坨棉花刀枪不入

矮子　想起你笑过之后我就想哭
我枉自比你高这么多
不能为你撑起一片生活的蓝天白云
今夜我独自走在你生日的雨中
身体仿佛是一只巨大的伤口

漫天的雨水像一盆盆盐水直往口子里泼去
疼得我骨头也一阵阵痉挛
我不得不向过去弯下腰去
矮得比你还矮

扫码听诗人读诗

爱情的家乡在春天

往事是一片片随淡忘远去的风筝
每一条记忆都是一根若隐若现的长线
唯季节知道爱情的家乡在春天
爱是一帆行船　情的长河源远流长
唯日子知道思念的故乡在三月十三

等你才是我童年从家乡寄给今日的姻缘
千山远水相遇还未来得及见面
我早已用沿途风景将你爱了个遍
长空放线　大河行船
我岁岁年年诗作车船　画为盘缠

夕阳日日落进月亮　白昼夜夜睡上做梦的床
思念的黄昏　爱情的窄巷　青春的炊烟
我已胆敢用孤独一人撑起一个世界
你来　你来我们就是家国天下
我们并肩就能搭起一个大千世界

深秋

王理中李

再深 再深
就触及酒窖的现实
雪花的遮罩将冰封大地
换届由冬季执政
世道萧瑟路途冷清
早出晚归地投递着人们的生存
一张网收割完丰收
又紧勒大地的腰
秋风为落叶腾出深刻的居所
人类的自由被高楼收进重叠中
唯期盼和思念相依为命
成为凄凉中家的象征意义

秋天 真的不能再深了
再深连日子的内衣也脆老了
再深就会被绝望席卷了
东西南北将统一穿上外套制服

悲秋

秋天的悲凉在于一片叶随事物的飘零
一阵来历不明的凉意让你想穿上所有的外衣
秋日笔下的书写如此虚无而又渺茫
我住在诗歌的地下室写下九楼的句子
翻开一九九六我痛心疾首地看着母亲离开人间
那断气的最后眼神切断我生命的全部意义
抬起头来我又看见父亲白发苍苍地老去
泪水拉长记忆盛满岁月曾踩下的脚印
留下至今让我无法站得住脚的漫漫长路
王啊！你无赖的一声长叹
让子民放逐四海而为家
而故土会以同一种方式将我们厚葬薄放
寂寞以文学的方式在页码中坐台
孤独的深处是我在人海中却又孤身一人
这么多冷酷的景致
这么多可爱的人儿

我爱你们胜过自己绝对高度的灵魂
这让我熟悉而又陌生的世道
我试过我不能独善其身
就让我们一道同流合污吧
干净与纯粹是遥远地址的形容词
我能否借来形容今天的明天
一阵秋风扫过衙门
阵阵秋风卷过河山
悲秋　我即将用动词将你扫进冬天的前门

北平

长城犹如一条破损的拉链
勉强缝合起江山的完整
阵阵狂风卷着漫漫黄沙
你以专制的名义尽数收下

一座座宫殿　坐古朝今
一代代君王　各安天命
一条条胡同　直达市井
一幢幢大楼　里通高层

血泪中　故事里的故事
烟云间　变迁中的变迁

初冬

既是初来乍到
就该看云识天
早加衣　晚生炉

远远的太阳坐在浓雾的客厅
薄冰结着更深的心思
大地请不必心灰意冷
不必脱去草木的外衣
流水腾出河床
用一条细细的丝线
织着冬至精巧的冷景

让最后的生长缩回土地
让意志在冷却中坚硬

正在发育的小星星围着少妇般的冷月
只要冷静　明天也是过去

唯有记忆的小船停在河心的岸边
不逆流而上　不顺流而下

扫码听诗人读诗

春

阳光慢悠悠地针灸着
正在复苏的大地
树枝撑着绿色的伞
一夜长进三月的花

青草顺坡登上山顶
鸟儿在枝头凭空唤出了无中生有的嫩芽
见你无处不在
我心底激动不已
姑娘　我的心性迅速随你长进理想
爱情随风而动
在故事中捕捉蝴蝶
天啊！你一朝变脸
气节就顺脸而变
花和鸟各自私奔

早该离开那冷酷的恋人

去强求火热的爱

在四月订婚

六月睡上夏季的新床

秋后一到就儿孙满堂

爱

我的爱蹚过一条小河
在清晨走过三节田埂
在家乡落叶纷飞的树下
等待如花的女人
从枝头应声而落

我的爱扎下根来就盘根错节
就吊死在一棵树上
任女人爱恨随风飘飘
落进更陌生、更新鲜的怀抱
凋谢着　　绽放着
乘着轻飘飘的轻浮
结成另一次爱恨的果

我的爱穿过理由的针眼
掠过从前和将来的翅膀

直奔十二月二十六日一个精准的时辰
以死灰复燃的方式
去期待一位红尘女子的回心转意

此刻的明天

此刻　夜在白昼的背面做梦
失眠与我相依为命无所不至
北方的大雪正从大地的四面战略性地向山顶撤退
此刻　我不一定是我　字在立正的笔中紧急集合准备进军纸张
笔迹兵分两路分别突破阿拉山口和打洛前往缅甸和前苏联
明天是前天的后天　后天的昨天
明天　玛雅文明及其预言将成为人类灭亡的谎言
此刻　是唯一一个永恒而又即将不复存在的时刻
此刻　我难以保证我依然属于我自己和此刻
明天　注定是一个让此刻憧憬而又永远无法到达的时间
是人类为了搪塞未来而虚拟伪设的一个名词

达州

陌生来自一九八三年　夏末
那列火车将我接走送往前程
父亲的拐杖独自用晚年拄着家乡的土地
载着喘息浪花向远方寻觅的洲河
把山脚的小城分成破镜难圆的两半
流走的一半被送到沿途去污染
归入大海去清洗
留下的一半是桥头山坡不知名的点点花
点点滴滴开在我苍苍茫茫的情怀中
我一闭上眼就能看见
看见爷爷坟中先人们去去来来　影影绰绰
近来不断有往事坐着火车来找我
我踩着自己的影子往回赶
不料我的人名和故乡的地名却在途中撞个满怀

昨夜凤凰山的山尖刺进我的梦境
疼痛中醒来
我点燃一支烟
想起家乡：达州

带刀的男人

带刀的男人　不带表情
带着偏执与狂傲
向未来砍开通行的路

带刀的男人　目光如刀
皮囊如鞘　心性如柄
每一根骨头
似一把利剑
随时等待着杀出体肤的命令

带刀的男人
走斜道　住偏房
晓宿夜行
对爱情手起刀落
与事业反目成仇

带刀的男人
沿着方向　走入刀气
待将自己赶尽杀绝时
同刀一道立地成佛

道

一

今朝倒回去是远古的边塞
旧日的衙门用陌路将我流放
带着光阴的枷锁
挡在时间背面
早已找不到回去的方向
我千年前就已不再是我

二

颜色的神情薄如刀剑
分割着诗词与朝代
一片片切下江山、美人
刀光中血的红　瞳孔的黑
初恋的洁白

皇宫处女熬到百年的贞洁

三

坐上风的翅膀
我被高远稀释成辽阔
谁用心　谁听见
就该谁一片沉寂
浪子剖开自己的前胸
只为用伤口对后背高歌一曲

四

切开搁浅的卵石
小船看见流水的身影
沿途被浪费成起伏不定的日子
河流被大山的双腿夹住
生出了大海
漂泊的陆地你为何永远随波逐流

五

走入儿子的身心
我听见自己的童年正牙牙学语
前妻踏着青春残余的步伐
走进了半老徐娘的另一次归宿
她胆敢再为你生下弟妹
请记住她便是你杀父的仇人

六

夫妻是道没有答案的家庭作业
被摆在祖国的大考堂
一点点错　一次次误会
改来涂去从少年夫妻磨成老来伴
正是那无法改尽的错与对
在临终前品出了生死离别的昏花醉意

七

自从生下我就没打算像人一样活
既然活着我也可以人模人样
今天是座孤桥
思考与迷茫在桥上徘徊
我可以把昨天当最后一天来过
也可以把明天当第一天来活

八

诗歌伴着民谣
一路唱进书本
唱响山岗、春光
在山坡唱熟人民的庄稼
在收割时陷入根的回音
强迫的根用网在底下打捞人们的泥土

九

暮色中我看见一轮轮模糊远去的轮廓
似我一生痛处的正在消散的时光
我朝生命相反的方向蒙羞而去
捂住嘴想笑
却在笑声中听见了自己落下的泪
泪长着倒刺流回体内的声音

十

笑声扑进抽泣的怀抱
在低处对大地猛踹一脚
在高处对苍天大叫一声
天地从来相对无言
语言只能用来抒情
其他的用途是绝对的浪费

十一

理想和抱负在格斗中一死一伤
唯有爱情　死去永垂不朽
当情人和妻子相恋　同心同德
我愿变成一张沉默的床
当情怀、爱情、死亡三点一线
我愿用一生的徒劳把它们圆成一个圈

十二

花朵退回果实
理由缩进根系
落日为上弦月留下便条
神秘暗语走入无法更改的匆匆命运
请不要误以为随便翻开一本书
就能找到一把真正实用的钥匙

十三

一种从未听见的声音
从未被心灵放弃过沉浸与倾听
是生连累了死
成功小看了失败
是因为我们践踏了土地
它才不得不最终将我们埋葬

风花雪月

风

落叶长着根的翅膀飞走了
鸟失去了方向
远方看见故乡住着流浪的村庄
爱情与向往沿途擦肩而过
注定在一个具体位置上伤心哭泣
雨洗尽了一个时辰的生死
云湿透了一份地址的心情
时光啊，风吹河面你是水
为了出口气竟把自己吹得不见了踪影
风起时　我独自一人躲在自己体内
风止时　前生落在路旁
来世进了家门

花

花开一季　初恋就会回来一次
花蕾里住的故事
绝非果的句号能结束
花朵拥着山坡走入平原
一条小路从心情出发直奔天边而去
二十岁那年我亲自动手毁掉了前程
回过头来我在镜中看见了花的三围
从那以后　视力围住了眼睛
衣装围住了羞耻
妻子从身后包抄围住了我的初恋
谁敢相信我说出十句话就能开出一朵花
谁敢不相信美人会回头
我曾经派太阳去杀死一群盲人
我曾经和两片枯叶相亲相爱十八年
我还要和一朵桃花同床共枕四十四年

雪

一片洁白的记忆上
风用心把白云撕成碎片
徐徐盖住人间的污秽
慢慢化成水　细细洗尽世上的脏
一片洁白的记忆上
一位少女从雪的家乡来到面前
成为我七天后的妻子
当上天在大地上铺开一张洁白的信纸
我和她会用一生的时间去写上意义的内容
我们相守的心情
画出了一片雪花从天上来到人间的路径
一片洁白的记忆上
来年会长出劳作、丰收以及孩子们

月

当一天的忙碌和思索画上句号
被挂上天际

梦中的愿望被轻纱一网打尽
家在前面关上门从后面打开窗
我愿用一生的时间在桂花树下等你
我性感而又沉默的嫦娥
唯有天堂能将我们一起束之高阁
在水中历史失落的银元奄奄一息
在酒中　在空心的古树中
死去的诗人伸出句子的手
揽住月光的尾就会出现一位生死相许的狐仙
一个人的夜晚她会用孤独陪同你
一遍一遍地想着走了的妈妈
一遍一遍去念着关在少管所的娃

关于我的说明书

我是一条踩着童年奔出村庄
带起风声比脚杆还弯的山路
坐渡船　爬牛车　赶汽车　乘火车
去和未来与初恋在异乡大学的远方约会
我青春体内驰骋着由无数个我组成的千军万马
一往无前而又无往不胜

在最后一场堪称为婚姻的大型战役中
我被枕边柔情有预谋地麻醉　绑架
急待一支代号爱情的突击队前来解救
却提前被埋伏在家庭中六年多的主妇撕票
所以　今天的我可能是那个死了没埋的我
也可能是那个被埋了多次没死成的我

我曾在古代十分慎重地包下过四个二奶
来象征古往今来的上下左右

却被自己前半生活生生地比喻成了妻离子散
掏出包装看完关于我的说明书　才恍然大悟
白头偕老　老才是我相伴终生的人
我日夜兼程通过文字的介绍在色彩中寻觅着老去

这足以说明我是一块挺起死后生前的墓碑
一任定居在岁月钟表的时间指针
一天天不分黑白地将今天转到昨日账上
拼着性命寻觅着一次死亡的准确时间　确切地址
多年后我将哨兵一般笔直地站在我的坟前
以表达生对死忿忿不平的尘土堆积

好兄弟

好兄弟　你是往昔的床
我是今朝的梦
我们既阴差阳错却又藕断丝连

好兄弟　你是远山的闲
我是云端的庄
我们既如此高远却又屡屡打和

好兄弟　你是青春的烈酒
我是岁月的大嘴
我们既喝下却又让情怀在体内发酵

好兄弟　我是庖丁
你才是牛
后人把我们解为成语

好兄弟　我是箭
你才是猎物
你的奔跑是为了拉长我的射程

好兄弟　当我无力面对时
就冲着镜中人
大喊一声：好兄弟！

黄昏

时光路途黑白收费站
游子摸了摸兜里剩下的乡愁本钱
远方　从标题中升起的炊烟
烧红了夕阳的锅底
思念的血泪在沸腾中
顿时溅满了故乡的天空

黄土高坡

黄土是不是都住在高坡上
离太阳近了
被光的刀子割开一道道口子
血泪流尽了
泥土才不得不从口子的裂缝中张开嘴喊渴

一棵孤单的老树孤单地站在坡上
风吹过叶落光
那里的头需要包上一张帕
信天游世世代代爬坡下坎在黄土中扎下了根
迎亲的队伍在唢呐声中踏过泥土让开的路
羊群赶着山坡一波一浪去了外省
寻找媳妇的脚印渴死在回来的半路上
太阳斜着身子爬到窑洞的炕上

孩童用爷爷的烟杆敲打着父亲的鞋底
苍天啊！多给一些雨水吧！
月色漫过一座座沉默的山头
看吧　那全都是炎黄子孙脱水的脸色

回忆

一列火车拖着两条平行的线索
从往事的故乡出发
沿记忆的路径停靠每一个小站
必须到三十年前那个不知名的站台
去找回那双饱含思念的眼睛
还有那封我在窗口遗失的信
一封凭少年胆气还不够寄出的情书
放低喘息声　尽量别鸣笛
以免惊扰了沿途正在认真成长的庄稼
饿坏了从前的胃

青春的隧道埋伏有情感的暗流
淹湿了车厢里沿途收集的防潮素材
风雨中爱情塌方的路段正在抢修
请完毕后再从伤痕上驶过
桥梁上有无数梦想的共鸣

原来　我们都该时缓时急

黎明时分我睁开追求光明的眼
一列从从前开来的列车　满载着过去
缓缓驶进我的双眼进入体内
停靠在我心灵的站台上

季风

四季之风油然而生
翻阅世间冷暖人情
吹拂着张、王、李、赵
吹散了仁、义、礼、孝

秋风翻开雪花
春风从洞穴拉出毒蛇吐信
我从来不曾被饲养
我土得即将返回母亲的子宫

季风相对吹拂着家乡和异乡
绝对吹散了我和我本身
我生于相对和平的年代
却活得绝对九死一生

季风以动词痛击大地
河流山川掩面而泣
风敢在三年后生病
老子就敢在病中彻底疯狂

节气梦

深秋从被窝里伸出风水的手
拉开白露关上的窗帘
一群月光押着李白推窗而入
乡愁政治文字的床上梦回春秋时
老子脸上淌下了两行清泪
一行古往今来　流进时间的嘴里
成为孔子舌尖上的味道
一行上下四方　绕过节气的门岗
从阅读的门道游入灵台的围墙
一阵寒颤将我的梦从梦中摇醒
望着装在棺材里的黑夜
我明白　灵魂正风餐露宿地经过
人生第五十一个白露与重阳间的峡谷

今夜

今夜　无风无雨
人远景近
远近的灯火半睁着城市的眼

今夜　无痛无欲
淡了亲情　薄了友情　绝了爱情
灯下翻开庄重的书
想看破夜的黑
文字却顺着笔尖流回了笔内
墙上画中水墨
爬回了近山顶上夜色枝头
南山遥望天山
死心塌地

今夜　大河奔流
南海北国相安无事

月亮挂在童年的天空
故乡走向黎明
路边的客栈醉了过客、老板娘
此刻谁的娇躯胆敢靠上老子的肩
我将是她一生永远的依靠

今夜　我一人
等于万人同聚
今夜　我沉默
等于万声齐唱
今夜　我一个真小人
像伪君子一样坐着

月亮

栽一盆记忆　种一钵遗忘
月亮在光阴阳台梳着晚妆
鲍氏家谱琴声扬　星月流淌
俊和俏已是一双长大的姑娘
早春石巷推开少女深深心房
青春是远方爱情的地久天长

一扇流浪窗　一张失眠床
月亮在傍晚替过往站着门岗
星星眨着亮眼为拂晓戍边疆
床前光　窗外霜　静夜微凉
谁用月光秉夜为思念织衣裳
谁让日子瘦成了我镜中模样

江南产水乡　西南长山冈
不同的异乡来自不同的故乡

邂逅在似曾相似的命里他乡
星星走后月亮空出缕缕忧伤
牵挂着古今人间的地老天荒
多少生死聚散守望人间天上

恋人

我想通过努力把你想进怀抱
你生于日期　成长为岁月
行走在桃花之上
睡在笔尖之端
我伤心时你徘徊在记忆的弯道上
你开心时我深陷在一首诗的结尾中
活着只为不与我正面相见

我想启动犯罪的方式扑到你身上
我想动用来世的资金控股你今生的婚姻
你若顺从就等于顺从了往后的日子
你若拒绝就从此拒绝了人间最美好的时刻
你真敢半推半就那你就不是骚货就是水货
就犹如一朵花长在枝头叫开放
掉在地上就得烂

黄昏时节在我心中和眼中来回散步
就气节安排我怀旧和梦想
想你时你是仙　从天而降
恨你时你是精　破土而出
忘记你时你才是我的恋人

我用血爱你刀光剑影
带你一同闯回古代王的宫殿
我用心爱你广袤无边
漫过博尔塔拉直奔阿拉山口
而我一旦用人间的情爱你
就留下口口相传的爱情故事

路边有三朵野花

——致一对下岗夫妻和他们的女儿

路边有三朵野花
一朵灰　一朵白
一朵红
共同的根在地下织着同一张生存的网

路边有三朵野花
一有风吹雨打
红色把头靠在白色肩上
白色紧紧挽住灰色的臂膀

路边有三朵野花
红色饿了　白色哭了
灰色仰面望天
急得直把脚根往土里踩

路边有三朵野花
一朵是我　一朵是妻
一朵是女儿
我们至今没有属于自己的家

妹妹

风吹得好轻
好多年已过　我仍在原地
沉默是承诺掏空了心

手捧无根的鲜花
我目睹山间的清泉被流动引向低处
遥看　天高路远
我多想把它们重新栽回枝头
南征的雁阵人模人样正穿越愁肠
凄凉的叫声后留下一片天高云淡

妹妹你为何目光幽怨
内心酸楚
醉心于红颜薄命的远方
走得含恨藏爱
我日日织着思念的长线

盖上你夜夜熟睡的娇躯

风仍旧轻轻地吹
在原地　我等你路过
掏空的心等你住进来

蒙古人

小草欢歌谱着白云竖起毡房的音符
马蹄舞动清高的风
长生天知道：马是牧人奔跑的雄心
牛羊是原上流淌的清泉
鹰啊，你是辽阔寄出的书信
展翅在没有收件地址的途中
牧人扬鞭催马无意将日子迎来送往
青草提着土地行军到天涯的疆场
牛羊追赶青草到达太阳下葬的地方
英雄挥斩时光杀入传说
铁骑滚过人头铺就的领地

那些伏地而开的红花、白花
亲眼看见蒙古武士挥舞着弯刀
杀出马背上的家园
举箭将自己射出了草原之外

驰骋的勇士们越戈壁　渡沙漠　远涉重洋
岁月的风中天下江山如家园的青草
一浪一浪消散在历史远去脚印上

梦

梦在八七年夏大病　卧床不起
前生裹着今世生出血淋淋的事端
此时已是一个秋天不存在的时刻
阳光穿越云层照耀远方的天空
病梦昏然醒来
在生命源头绕过第一道弯留下半句话
就让我最后一次在梦中痛哭前程吧

睡着的人一直相信走着做梦
醒来就能到达梦想的地方
拥着梦中情人热吻　把玩
我从梦中伸出左手去掐诗的脖子
右手想抓一把零用钱
去请小说讲述细节
小说中有一条路通到绝地
并在那里存活　繁衍

紧要关头我在梦中边跑边醒
一一躲过命运的劫数
跑着做梦就能随意修改命运
我发自内心地相信
我能用一句诗将从前迁到海边

夜晚我被梦倒挤出来
在灯光和月光的胁持下
为动词做着隆胸手术
再用梦游点破黎明前的黑暗
挺进清晨的牧场
我看见一列细长的火车独自拉着纤瘦如笔的我
驰过西北的冰天雪地
正穿越新疆博尔塔拉戈壁地带
朝阿拉山口狂奔而去
我必须去看望解体已久的前苏联
我必须穿着民国时代的老牌制服去嫖宿一夜

恰当我写完这一笔时
清晨的梦境正偷越国境
完整的江山正画地为牢

梦游

时间用速度洗旧梦填空的补丁
游子披着记忆失眠的外套
从做的乡间小路离开梦的村庄
来到一个八月底的下午
等候一辆满载八三年的列车进站

在梦想与青春错车晚点后
谁背着黑锅深入残夜
又浅出离开了自己朝夕相处的身体
谁横拖着魂魄可能的影子
又竖着离开了人间做梦的床
如今黄昏改道　长江斩腰
一纸调令将南水北调
我踩着伦理破败的风水从达县到重庆
一路远离童年　出卖少年　背弃青春
难道只为一场人到中年的梦醒

那么　走吧
小路迷茫徘徊的地方
必有一片失落的记忆在徜徉
一阵情绪骑着两匹汉字烈马
一匹落地生根一匹绝尘土而去
生命就此被慎重地撕成两半
那么　走吧　离开成长去成熟
曾经去过的地方都是故乡
曾经走过的路仍在流浪
那些笑着倒下又哭着站起来的脚下
都有诅咒和诗歌在生长
昨夜　从前被一张邮票寄给梦想
那么　走吧　离开成熟去苍老
每一条涓涓细流的远方
都倾诉着籍贯来源的曲折
每一朵花开的根下
都埋着一段爱情入土为安
每一座坟里都葬着一封未读的生死邮件
那么　走吧　离开苍老去死亡

情人节

情人节是个名词
青春左边竖着心
右边的人　在过节

情人节是只窖
藏着流浪的往事
相思的人　在酿酒

情人节是个日期
一夜情过期作废
绽放的心　在绣花

情人节是张床
裸着芬芳的爱情
爱中的人　在做爱

秋风在梦中做客

秋风怀揣落叶发黄的介绍信
流浪到八十年代的屋檐下
守在一场梦中雨的窗前
遗忘正在人生路上追杀着有限的记忆
一阵风吹开了一场伟大的惆怅

惆怅沿长江过南山顺流而下
带来往事死于昨日路途的风声
细节被从前葬于一个名叫肃杀的山坡
路过的风都必须做一个梦
一个远去不回头的梦

秋风踏着月下遍地寒霜
梦在季节的床上而感冒发烧
而秋风不惜用尽落叶的盘缠走向深处
去描绘那些青黄不接的笔下景色
一阵风吹熄月　一场雨赶来梦中过夜

秋日里那些散碎的日子

秋天是我枯瘦如藤的身躯绕着一支笔爬上画面
顺道领着一条山路穿过季节的峡谷寻找达县的地址
江阳乡的桥头绝对有一棵命里相守的杨柳
流水写下小溪的文章　横桥搭起既往不咎的提纲
未来在一杯白酒中以往事的名义回头
一定会看见一份决心倔强的身影走出村外
那时的秋天不是情绪　是误入闹市的一树石榴
挂在未来的枝头

城里的日子是改革开放改出来的　宽得无法容忍我的瘦
乡村的田埂提着童年的野花已找不到回家的路
孩子　你把我惹毛了　我就画一笔利润搁在童年的窗台
再给少年赊一份辽阔延伸到爱情的弯道上
秋天啊！我更愿意为青春找一份月宫里的婚姻
秋天已太深了　我随时可以抵达每一个我的内心

昨夜秋风为夜雨写了一封长信
无家可归的路灯在昏黄里掌灯夜读
而今晚我是你季节中一篇没有错别字的检讨书
在风清月冷的岁月里即使日子散了　我和我还会相依
同行
南山脚　长江畔住着一排长长的石梯
它承诺一定会给我一份秋天不漏风声的丰收

去年日子病了

去年是日子的背影离家出走留下的空白
时间被关押在一支醉死了从前的空酒瓶里
一阵久病成疾的风搜肠刮肚
把故居吹成记忆深处的危房
那里曾住着一个相依为命的爱情故事
在故事结尾处我成为一根拄着重病的拐杖
一条流浪的路在三月十五日将我接走

病中的我住在一条晾在岁月风中的伤口里
一剂过时的爱情处方
已无力治好故事源头的时间和地点
人物正从一张男人自尊的纸上走出来
一张白纸空出一个仅剩下我独自一人的世界
我独自在自己身体里衣食住行
诗歌曾为我点火熬药
美术常在夜里静静地为我缝合伤口

三天

扫码听诗人读诗

日子再长也只有三天
昨天　今天　明天

生命再短它也有三天
生那天　活那天　死那天

缘分再贵也只有三天
聚那天　散那天　忘那天

道理再浅它也有三天
道生一　一生二　二生三

三月是一封爱写性的情书

阳光射入大地
风滑过水草　舔着枝头
花朵尖叫根四处奔忙
三月的爱是有性别的
月光一旦泻进梦遗
情书便打开文字的卧室
叫春的声音从未叫醒过床
冰毒升起春药的炊烟

山里人家

炊烟缓缓爬上树梢打量着山色
上山的路被回家的夕阳走弯

出山的路连着深处最后的人间烟火
捎来山外远处断断续续的消息

远方没有地址
再远些是人和神热恋的圣地

一块块薄地挤着一座座瘦坟
一根根古树挺着一代代风水的脊梁

早年山门口少年出走的一步一回头
至今仍在远游的九曲回肠中张盼

如今我每每听见山路奔跑绊倒在山间的声音
每每嗅到婆婆晚饭中煮熟远山的香味

深秋

再深　再深
便是冷酷的现实
雪花的选票将冰封大地
换届由冬季执政

世道清瘦路途冷清
早出晚归地投递着人们的生存
一张网收刮完丰收
又紧勒大地的腰

秋风为落叶腾出深刻的住所
人类的自由被高楼收进重叠中
唯有期盼和思念相依为命
成为凄凉中家的象征意义

秋天　真的不能再深了

再深连日子的内衣也脱光了
再深就触到绝望的底线了
东南西北将统一穿上外套

生命

一路足迹
遗忘在做填空题
一碗生活
光阴失落的饥渴
一抹炊烟
骨灰是盒夹生饭

生死备忘录

扫码听诗人读诗

爷爷死那年我七岁
他死的时候我正走在每一次去上学的路上
年幼时我根本意识不到自己在活着

婆婆死那年我二十三岁
她死时我正在异乡和第一个老婆举行婚礼
青春年少时我常常忘记了自己在活着

妈妈死那年我三十二岁
她死时我正在和第二个老婆办离婚手续
从那以后我开始不计后果地活着

我死那年我大概八十八岁
我死的时候我正在断自己的气
闭上眼我将不计前嫌地死去

失眠

失眠与时间垂直　坐卧不安
梦是林中夕阳潜伏的根
是平行与垂直的受精卵
暗地里不该自以为怀才不遇
以至于青春过早在中年流产

一根紧绷光阴的弦
弹着儿时的童谣
却想起苍老的回音
弦断曲散
梦醒时已非梦

时间的一生

幼小　一条路
不走就爬

青春　一阵风
不起就落

中年　一道坡
不上就下

老来　一口气
不出就闭

死后　一缕烟
不聚就散

世界上只有两个人

世界上只有两个人
一个男人　一个女人
一个外在　一个内在

世界上只有两个人
一个好人　一个坏人
一个主动　一个被动

世界上只有两个人
一个穷人　一个富人
一个吃苦　一个吃人

世界上只有两个人
一个活人　一个死人
一个横行　一个竖走

瘦瘦的夏天

蝉在知了的号子声中
做了阳光的纤夫
黄昏脸瘦了　思念腰细了
蛙鸣鼓动着乡村成长的寂静
蝌蚪摆尾　画着故里山水
梦在枕边喊痛了乳名的心
夏天被瘦拧成一根牵挂的线
一串汗珠追着一排汗珠
正沿记忆的空白滑落过来

四季才

一

风吹　水草动
露珠点着鲜花的芳名
一群小鸟排着初恋的表情
从懒睡的午后
飞向童年每一个哭泣的下午
我看见爷爷的烟袋冒着故里的炊烟
这无比浅薄的三月、四月
总是才让我进入
就陷入结局之中

二

热情再高就着火了
心在远方必然狂赌思念

回头是一杯不省人事的酒
抽身出来还可虚度光阴
琪爷，少出门啊！
你的智力不足以应付当下世道
零落几位好友住于东、西、南、北
闲来几场地主斗死祖上几位出息之人
输了身家性命　赢了历史的谈笑

三

每一片落叶让每一枚果实出尽风头
在风中抱成团打着旋
落入自己的圈套
下得半山坡来到清风旁
谁家的妹妹身着金黄的衣裳
望着母亲坟头疯长一季的野草
前年是我最不想活过来的一年
最完美的一年是我埋葬了粮食
黄土埋葬我的那一年

四

雪入药　解渴
往日的同志走着革命的道路
一位少年只身深入牢房
此时已有了无边尖刻悲凉的遥远
家书一封　泪痕几滴
母亲躺在祖母身边
在地下过着另一番婆媳的日子
风从北方吹来
我依东门向西而歌

推开时间的门

我想把童年搓成一条细长的线
一头系着怀胎的十月
一头系着无处奔忙的年月日
桉树林　青石板
风筝头上长着眼

我想把青春铸成一柄利剑
握在手中　是招
隐在心里　是佛
古往今来多少祭血的头颅
只为成就少年英雄的手起刀落

我想把今天的我打成包裹
向前寄到十八岁
往后邮往八十岁
中间的岁月我坐着一片落叶向下飘

犹如风收割着声音

我想把老年吟成一首诗
标题是一个字
内容是一句话
通过这句话的介绍让苍老到那个字里去死
到死的意义里去按揭一方碑文

我想公墓的夜晚　月光下
风雨中时时都有先人聚会
在他们居住的风水小镇上
人人都静静地躺着回想生前的时光
不时还响起朗诵诗歌的声音

眼镜

年轻时我们高瞻远瞩
老了鼠目寸光
度架在生命的鼻梁上

围棋

我大儿执黑　小儿执白
我左手下黑　右手提白
我父子三人奔走于黑、白两道
力图走上正道

天元　儿子的理想
角　我的底蕴
边　我们共同的造化
绝对两只眼
一只紧盯着散落红尘的人民币
另一只紧盯着永远不老的时间

大儿序盘开劫
自尊的尖刀迫使他杀向长龙的走向
小儿骑马走过缓缓起风的中盘
风中先谢了梅花　再谢了雪莲

老子的脚踏遍关内、关外
收回了两次生死相许的爱

岁月埋伏的游击队
在生存的路口将我们团团围住
十段的手舞着刀剑杀过盘面
空格之外
我们仅是生死相搏的黑白昼夜

扫码听诗人读诗

未来

日子盘算着时间的指针
一圈圈指着未来最后的终点
记忆不时派出回头路
去往事中还账
当未来在穷途中只剩下从前时
从此将记忆彻底遗忘

我一写诗就要死人

我一写诗就要死人
我不停地写就有人不停地死
我认真地写就有人刻苦地死
我含蓄地写就有人委婉地死

云游四方是找死
无路可走是等死
参加葬礼是实习死
拜访绝症是提前准备死

花在三月被季节开死
月在天空被诗意晾死
头在肩上被岁月顶死
武器在战争中被人打死

花酒无人自动醉死

千金不散自行贬死
地球转久了必然晕死
人即使不生病也会活活老死

激情和快乐都是陷阱
当你忘记死时是死得最快的时候
凋谢和结局都是杀手
当你意识到那只手时就正在死

只有我的笔死而不僵
因为它活着时就已经死了
唯有我的句子生机盎然
因为它们死了以后可以再死

扫码听诗人读诗

一条穿过黄昏傍晚间的路

夕阳已落下了山
月亮还未升起来
一条路从中间走过
这是一个下旬的一天

路的一头站着一个男人
另一头走着一个女人
路正测量着分手间的距离
这是盛夏山城的七月下旬

如若这是一条不回头的路
这一走一分或许就是一生
这首尾两端可能就是一世
这是公元二零一七年七月

夕阳一天天落下山去
月亮一夜夜高悬傍晚门头
远行的人若已忘了回来的路径
这是一条心弦愈绷愈紧的路

想一个人

想一个人时
就向前走两步向后退三步
走到结局才真正开始

放一条鱼
去淹死一条河
背一张床
去找一份过夜的心情
用一根烟
去点燃初恋的魂不守舍
独自在吞吞吐吐中
将故事化为一件冷秋的灰衣

想一个人时
我最纯粹、最绝对
纯粹把往后的时光等分成嘴唇

绝对把日子磨成比命还薄的刀
吻够了；心碎了；风花醉了
就一刀刀将爱在情中凌迟处死

这个人可以是一个冬季　一枝梅花
也可以是一座冰山　一朵雪莲

扫码听诗人读诗

小时候

小时候我就已经不小了
看见父亲用树枝在沙地上把母亲画成鲜花
我就亲手提笔给领袖写了一封信
信中谈及了天下和粮食

小时候我无时不刻心系天下
只是天高路远　行程不便
就背着手在山脊上走来走去
检阅了山民的劳作和丰收
还暗地里跟踪了洗衣服的大姑娘

小时候我躲在大锅饭中吃小灶
跟着运动左右奔跑
凭想象理解了专政和人定胜天
把出山的路当突围
把对面满山的桃花当作前程

把牵过手的小女孩视为一生白头偕老的爱

小时候我老气横秋
亲眼看见一阵狂风把满山的百年老树连根拔起
呼唤钢铁的火焰烧尽了人民最后的希望
被领导的广大群众干下了一生直不起腰的事

小时候早知道我还会长大
长大了还会去死
我小时候就应该很小
小得只是个小孩

夜归

星星的床沿坐着寡妇寂寞的屁股
回家的路扶着醉的肩膀
斜躺在石桥的铺子上
寒夜我沽酒的身体正和你正面冲突
我要用薄如刀刃的身体划开你的伤口
我要让游弋的灵魂住进你的痛中
夜空辽阔　大而不当
月亮是你最大的漏洞
让人类只剩下一张做爱做梦的床
往事的背后有条小路　落叶纷飞
小路的尽头有一排记忆起伏的瓦房
夜晚提着马灯在门口等我
堂屋里挤满了从过去寻找回来的往事
他们等着问我一些曾经的生活细节
而月亮是夜晚沉默的嘴唇
她不忍讲出痛中之痛的秘密

或许我的故乡在月宫的桂花树下
如今我沦为了地上的游子
实际上我就是一个生活的小偷
悄无声息地偷走自己的体积和表面积
岁月流逝我渐渐弯下腰去
苍老会在我的脊柱上搭上怎样的箭矢
月亮是生命最终的句号
此刻我警告自己更要偷偷摸摸
别吵醒了明早还要为生计奔波正熟睡的人儿

一封秋天写给从前的书信

我是自己笔下一场秋夜失眠的细雨
穿过纸张的云朵落向从前的梦中
若给记忆贴一张八分邮票当路费
从前便能借着故土屋檐下的油灯
读取一行行天地间泪水长流的思念
住在坟里的娘　谁为你天凉送衣裳

写一条路回从前去流浪　穿越淡忘
文字沿途乞讨　爱情回到出发的地方
我无家独坐故国天下
用消瘦在体内腾出一条前往年少的路
远远望见童年窗外一首雨中叹息的诗
在信中分行安葬着曾自尽于语言的诗人

我必须以光阴消失的名义
当着今年秋天的面

在遍地落叶上写一封长长的信
谁收到这封信　谁就是我的从前
谁在我写之前读过这封信
谁就是时光的邮差

一个人

一个人抱着故土的夜晚睡在天涯的床上
不抚冷月的长弦
不吟晚秋的残句
更不奢望落叶随根长回去

一个人踩着失落走在失重的人生半坡上
不敢相信自己从前的性格居然是刀削出来的
不敢相信眼下的眼泪掉下来不把眼前的自己砸得粉碎
更不敢酒后逢醉就对未来许下大型承诺

一个人用寂寞凉拌孤独品往事的陈年老酒
不敢面对回忆露出往昔绝望的神色
不敢跟时间打赌说现在敢活未来够活
更不敢用国语讲人生醒和醉都是场误会

一个人娶三妻生两子

不敢刨初恋的根
不敢让老婆偷听到前妻的电话
更不敢修座四合院等老了用一道围墙把她们都围进来

一个人黄泉路边开客栈
鬼门关口摆夜摊
不上天堂不入地狱
更不从中生离死别

一条小路穿过一个爱情故事

爱情历时六年讲了一个故事
故事由一条小路从雪莲枯萎开始
跨过自私、算计、狭隘等黑白河流
翻越同床异梦、貌合神离等丘陵沟壑
于前年三月十五日到达重庆九龙坡民政局
女主角化妆随春风潜入红杏出墙的夜
消失在小路尽头茫茫红尘细节外

路途那个打着“家”字旗号的客栈
被二零一二年三月十五打假定为非法建筑物
爱情执法队当日将其强拆为故事废墟
男主角从此流落故事的他乡
可年年三月十五日来临那天的夜晚
他总会独自倒回到那条小路上去散步
直到天亮出了春天更远的行程

一夜春梦

一只候鸟困在爱情的枝头
从夜色的窗口摸进来
床上躺着一句瘦长的诗
等着鸟朗诵
鸟一开口
枝头的花蕾就会应声而放

一夜春梦骤然醒来
我被深情款款地夹在被子和毯子之间
看见窗外一句站在黄昏的句子
因生长瘦到了表达的极致

一夜秋雨

丰收与清瘦一言为定
背刀夜行的凉风
埋伏在肃杀的屋檐下
等着消灭一场雨的情绪

一场在这首诗中穿针引线的雨
将破旧的忧伤缝了又缝
失眠从伤口的内衣口袋
摸出一封去年不敢寄出的书信
信中写着一阵流离的乱箭
射向诗意中暗喻的弓箭手

窗户严阵以待　风雨一夜情
梦嫖宿着与黄昏分手的色调
伤心的夜雨拖着长长的黑裙
独自含泪走过夜晚的窗前

一只手牵着一朵花

一

思念从三月梦的故土出发
顺着春天的山坡登上流水远去的山顶
一份心情翻过下旬的山峦到达爱情的海岸
一阵风牵着一声鸥鸣随波逐流
我朗诵着一首丢失了从前的诗歌
收到了少年写给光阴流逝的长信

二

失眠为一个夜晚可能醒来的人辛勤工作
我坐在月亮的客厅等着朝阳的书房
只为用一张张黎明的第一页白纸
写下一本夜夜笔画倾诉装订的书
今年春天我如期失去年龄

是为了从此和一朵叫海棠的花共赴来世

三

曾经啊！你为何小看我爱的能力
我瘦弱的躯体里埋伏着
春意、大学、爱情三路大军
在诺言和誓言如约响起的阳光正午
我以书生的名义深情地面对远方的学习站着
一支笔就此描着一朵花誓死不离

一只鸭子的故事

一只正直的鸭子
因上进伸长了脖子的鸭子
被怀疑曾经偷吃过公粮
经生产队集体研究决定　吊起来批斗

当批斗会还未结束时
鸭子就死于无法辩解
和无法呼吸中

一只世上最幸运的鸭子
在那个能饿死人的年代里
它居然有着人的待遇

鸭子死那年恰逢我出生
我不知道我的出生是否和它的死有关

影子

云　是天空心情的影子
用鸟的翅膀写下远方的收件地址
云朵　要么撑起一片天
要么担着一阵雨

风　是空气流浪的影子
在呼来唤去中将自己弄得无影无踪
行程　要么流浪天涯亡
要么死于路途尽

恨　是爱走过挡住身后的影子
是爱情股市崩盘后遗留的债务
情丝　要么爱恨成仇戛然而断
要么去去来来愈来愈长

你　是我生命之光映射的影子

在我忘记你时你却伴我形影不离

一生　要么你牵着我

要么我拖着你

有个初恋的名字叫徐梅

我用尽了所有几乎不存在的力量推开离婚证那扇朱红大门
我决定赶往爱情的故乡去和初恋见面
她住在一个名叫青春的村庄十八岁的半山腰
那里四季梅花飘香　鸟群唱着爱作曲的情歌

我要在记忆广阔的背景上画一条千回百转的小溪
它确切地流经我和初恋第一次约会的梅花林间
树下那丛当年被我们不经意踩得骨折的含羞草
至今还常用苍老的声调感叹那爱的莽撞和挚热

我要把这首唯一写给你的诗泡进岁月封存的酒中
光阴板着阴晴圆缺的陌生面孔让我们一天天熟练地老去
届时一个苍老的身影每天会切下一片一生积攒而成的思念下酒

而我那只干瘦的老手是否还有勇气去和十八岁伸出的
初恋玉手碰杯

梅　二十九年过去了　儿子已长大成人你仍旧孤身一人
一次车站的挥泪而别把校园的情丝拉成了细长的人生路
那么远　那么近　初恋在青春中那么羞涩　岁月在今
天那么曲折
昨天你还年轻　梦中你依旧柔情万千　孤独的我已找
不到回家的路

远方

童年的蛙耕蝉织是今夜星月的远方
在月光的关照下我变成一条鳝鱼钻进故土水田的深处
去卧底打探来年丰收的根底
山路拉长原本细瘦的身子奔向能见世面的远方

路到远方是为了去给尽头签字
风到远方是为了执行给落叶送信的任务
你到远方是否在想在忘记中深刻地想起一个人
其实人们都知道死才是生的远方

前世是今生再也回不去的远方
我是一封因查无此人从从前退回的信件
被青春留在八十年代作为文字记忆的把柄
只为见证成长脚印中泪水腌制的欢笑

笔到远方是为了把往事写在记忆的黑板上

纸到远方是为了把我的写作接进诗歌
远方到远方是为了把远方变成眼前
其实人们不一定知道尸体才是肉体的远方

爱是把爱痛不欲生地爱成恨的远方
我是一名沿着三月黄昏回家的浪子
爱的痛横渡鹅公岩大桥去了源头的远方
恨的苦从融侨半岛出发已不知去向

长草的祖坟

坟地长满了草　森森地
坟园四周站满了柏树　遍地枯黄的草
草上树下去来的脚印铺就了一条踏实的路
妈妈跟在奶奶身后去了另一个世界
她们在该等的地方等着我
终究有一天我也会一路走去看个究竟

坟地长满了草　深深地
此刻，日头早已偏西
这是人间路最后的尽头
安睡着婆婆、妈妈
夕照中一高一矮
坟老了竟也佝偻着身子

坟地长满了草　森森地
坟的四周积满了落叶

风从土里长出来随落叶飘起
坟一动不动
坟头草一浪一浪
一阵细雨随浪洒向远方

坟地长满了草　森森地
我默默地跪下低着头
鞭炮点响沉默的记忆发出最后的呼喊
香纸化成灰　片片飘起　又落下
膝下的黄金　书中的黄金屋
庄稼一样站着　又土地一样倒下的先人

坟地长满了草　深深地
临行我听见坟地一条蛇长长的叹息
比夜还深　更深的鸟
在深空夜色中一长一短地问答着
清晰而尖利
分明是儿时亲人唤我归去的回音

重庆

两叶砍刀从左右砍开身体
流淌的血如两行清泪在朝天门抱头痛哭
远方的峡谷、平原、大海要以泪洗面　以水润身

一座座桥恰似一根根缝合伤口的线头
密密匝匝扎起四岸三地
露骨的是山　见血的是水
山在楼下开了春　立了秋
城在山中上了楼
一道弯搂着一扇门　穷富各进各家门

条条车道　路路行人在大雾之中通向山中
直达城市的门庭
有无数船只在雾中隐隐穿越城市

说你是位隐士你还带着两个保镖：南山、歌乐山
说你是位浪女你还使唤一对丫鬟：长江、嘉陵江
还不如说你是一张夜景点燃的书签夹在山水之中

重庆棒棒

蜿蜒的石梯系着靠岸的码头
盘山路一匝匝捆在城市的腰上
被山顶城市的肩挑起
我们没有寒暑　这里不分昼夜
从角落、地下室探出头来
穿着补丁　担着老幼的生计
握着世上最长、最粗的笔
雾里起　汗中落
处处写下为人担负重担的段落
饿了一碗素面　半碗河汤
困了枕着一根棒　就着两股绳
心酸了抬头望着远方不明方向的家乡
闲暇时用人间最认真的手数着世上最零的零钱
一旦站着就钢筋铁骨
就能抬起城市上涨的速度
就能挑起一家的生计

活像一根根笔直的棒棒

大街小巷都认识你

重担都知道喊你的名字

喂；棒棒！

哦；来了！

醉

头靠在门框上
把心情关进来静养
脚放出去奔跑
屁股仍坐不回青春的位置
飞翔跳起天空的舞蹈
在美声与民歌间互换情人
以示瓶子对杯的倾慕
贫穷对诗歌的无情
土地往上涨
骑在人民肩上
路从远古走来
剑客的马蹄收不回纷溅的时光
领扣吊死童年
裤带勒断饥饿者的腰
容颜过处日子倒
时间从来未曾老

美人是分子式

一经和世道发生化学反应

就生成狐仙、蛇精等传说

惟才子独守文章醉问黄金何在

小溪

我是大山家中出走的女儿
母亲挤奶为我攒够出山的盘缠
我不是因堕落而节节下流
我得去投奔山脚的河大哥
他答应过要带我沿途去见世面
还要把我许配给那位叫海的大人物

初恋

上高三时的那份隐情像只风筝
仍旧被今天思念的手牵着
在青春的蓝天白云中起起落落
我能清晰地记起校园的四季变化
高大的古树掩隐着红墙碧瓦
操场边的地下笔直地站着一口深井
一个雨后的黄昏我帮她打过一次水
我的心顺着水桶往上跳
她红红的脸上写满了羞涩的谢意
我们从未讲过一句话
我猜想她一定有一个和她模样一样动人的名字
毕业时我写了一封未署名的信给她
后来我上大学了
后来再没有她的消息
心里老想着她
想她拿着书从我窗前慢慢走过

红着脸　低着头
想她提着水从校园操场中央的晚风中走过
轻盈的岁月　扭动的腰身
我拿不准她是否也会想我
想起她我就想倒回去
回到那封信中去留下姓名
留下如今的去向和牵肠挂肚

冬日狂想曲

雪花是苍天写给大地最深情的书信
土地阅读后留下一片哭不出声的泪
我是信中内容最重要而又最无关紧要的那个错别字
简化后渴望能在大地上一步一笔画
写出一个像样的名字王琪博
却被创作酿成冷酒一次性买断
醉意飘过方针、政策试图飘到发展的坦途上
却最终飘回到自己过时的身份证姓名上

我被一条私信发配到更冷的地方结成一块寒冰
只待来年划过初春美术的河面
和风物一道组成水的灵动与妙曼
日子能过就将就顺风顺水
不能过就逆流而上以淹没的方式抢占源头
可眼下正值严冬
我只想顺着由冷变热的情绪南下深圳

去告诉二妹南下就应该上钱的床睡觉
去告诉黑娃多晒冬日的暖阳
而自己却变成月亮眼中的一滴寂寞清泪
滴进怀春的墨水　写成不敢示人的笔迹
用粤语朗诵星星听得如痴如醉的情诗
用港澳唱尽时下流行的无弦之夜
每天用一夜情去对付三次新婚之夜
用秋凉去圆青春的大梦
用情场老手去抚摸初恋的羞涩
给少年布置一个万事皆空的胸襟
还童年一个永不长大的誓言
回到外婆分娩母亲的那阵阵痛中去
回到爷爷的爷爷身前在枝头收割庄稼的天人合一
没有人迹的鸟语花自香
江河的子宫
冰雪化水的分离
脚印行走于路的下面
光阴在影子的背后赶集
用线索去套住少年独自远行的路

寒风包裹深夜的时辰
我随风潜入夜
潜伏在各位前妻尽情怀旧的香梦中
从梦中倒回靠回忆过日子的日子里
回到成都东风渠水利管理处
用青春的热血去灌溉爱情的良田
长出长子的俊秀与无知胆气
回到雪莲冰雪谱写旋律的家乡
回到新疆　回到伊宁
心上雪花飘　心底戈壁滩
回到她们为我生下儿子后的哭声中
回到一个大男人的不知所措中

我想化作鱼　喝干冬日的惆怅
化作一只高瞻远瞩的雪鹰去遥远的天山练剑
化作二十年前托周黎转给吴红的电影票
化作一批六十年代女人的初恋
化作一件四十年代革命的棉袄牢牢裹住窑洞
化作一封民国的求爱信信口开河
化作一只鸭子和鸡相亲相爱

化作有站无家的列车背道而驰去了桃花源
化作一次小勐拉因百家乐而欠下高利贷的活埋事件中
化作三次婚姻的破裂将感情撕得七零八落的孤绝日子里
化作母亲坟头草　父亲在家乡的苍老
儿子长大成人各奔东西到达异乡的他乡

我日间无所事事　夜晚失眠梦游
银白的雪花　此时为寒冷的大地披上一层薄薄的洁白被面
来路和去路纠缠、疏离在岔路口纳头便拜又大醉四散而去
我多想押着一株春天的花　三片秋天的叶
在被面上盛开怒放
我更想随小芳姑娘少女时代的眼神远走
在别离的旋律中埋头走过歌词的荒凉与悲壮
又被她揣进情绪领回多年后面目全非的家乡
多少年来我一直生活在那些过不下去而又不得不过的日子中
独自除夕　过年关　让语言怀春　文字立夏　趁着中秋的月光敲开初冬的前门

月亮　你一定不会面若寒霜　心如冰窖
因我仍是一位正在受惊吓的孩子
母亲离开时说　今生我走得太早　你是一位无法独自长大的孩子
如今却又已凭着时光流逝渐渐开始习以为常地老去
我只想追随冷回到一九六五年旧历七月十五的生日里
回到大巴山脚一个小小村落的瓦房中
灶前柴火烤热红扑扑的脸　暖了早起的手　晚睡的心
回到达州水车楼日醉夜歌的中外合资章程中去
继而重新前往重庆南坪东路同父异母的无不达兄弟没有母亲的孤苦童年里
飘过妻离子散　家破母亡的凄楚与寒酸
飘过四矮相依为命又而四散流落的凭窗落泪远望
飘过少管所　飘上正落子如飞的人生棋盘
最终飘到《我传》的故事情节中安居乐业

动物保护法第零条

动物想做人时
人想做仙
仙想做人时
人本来就是动物

二零零二年七月

我醉心于过去的每年七月
只在生活之外　不改初衷
暗自心怀大度
妥协着　抱残守缺着
在七月我长成一棵树
简单地用根攥住初一到三十的每一天
呆坐在南坪一条马路边四楼三号的命理中
像风中枝头的一片叶、一枝桠
伴七月的命理随风而过
七月对我而言　意犹未尽
其他月份是我亲人　离我很远
远得我的小儿子即将不再姓王
远得往后的年份和月份再也没有任何关连
七月的我更像一条火蛇
穿行于旧历属相的根须
寻找人迹罕见的灵地

去写一封六月和八月之间的一张介绍信
伴着七月的掌纹　过着月半的生日
小鬼和香火与我一起奋力吹灭蜡烛
在心底我暗自许下宏图大愿
可我怎么也分辨不出
许愿前的我和七月下旬的我有着什么不同

故土黄昏

游子的夕阳挂在故乡最旧的枝头
地球向西荡着秋千
满地落叶跟随暮色走向天边
年老枯枝上还停着儿时那串麻雀
农家的柴火在傍晚燃起山中的饥饿
大地的胃高悬在新月的薄意中
炊烟袅袅飘着晚风悠悠
辛勤顶着汗珠踩着小路散步上了天
最后一道光亮脱去日间劳作的外衣
细雨摇着小船驶过河床的浅梦
夕阳流尽晚霞最后一缕血丝
破碎的良心要躲进夜晚疗伤
夕阳即使是一枚金币
也买不回即将逝去的光阴
为何你总让我回头
总让我在最酸楚那一刻背转身去

过年

日子从初一出发沿四季走十二个月
三十便在大年聚起一家家合家共守的除夕夜

礼花觅着年味放响为夕送终的分夜钟
时间进入新年旧岁生离死别的半百零界点
光阴一只脚在上半生　另一脚在下半生
退回来是回不去的从前　跨过去是去不了的未来
我恰似过节中秒针跳动指不到位的空格

一年中我遇见最多的是人　却从未遇上过家
最长的是时间　却从未留下过分秒
回家过年的路各自回了思念牵着的家
我独自在异乡想天堂的妈　故土的爸
他乡的娃　你是否也把异乡的爸当作了节日的家

时间又一次押着生命绝地反叛

除夕　跨年　除童年　跨少年

第五十圈年轮正被今年画上的我今宵的容颜

家书：致妻子

前生给你一张过时的地图
你就能在今世的生存夹缝找到纤细的我

时间纵然安排你晚到二十年
命运必然让我在该等你的时候多等你二十个春秋

你说生活给你一根线　一粒种
你就能让我们一生衣食无忧

我说来世提前给我一支笔　一片云
我就能预先签下天堂里的责任承包田

其实心用心给心一个密咒
相爱的人才有可能在同一个屋檐下终老此生

当我们以苍老的容颜走到时光的边缘

你仍是我手中一本依旧看不够的老书
我唯愿握着拐杖坐在家门口等你回来

当我们以僵硬的躯体走入尘埃之下
我是装你的棺材
你是埋我的地方

当我们的肉体踏实地和大地重叠在一起时
灵魂早已在天堂男耕女织
那时我做你的妻子柴火煮米　为你掌灯夜读

门窗

一、门

墙的嘴掉了牙
人们纷纷出去寻找
就因为出去
就又回来

二、窗

墙从夜晚醒过来
睁开眼
看惯了红尘俗事
但　看不破

秘密武器

一把从不起义的手枪
常年插在我腰间
紧要关头我习惯伸手摸它
看在它沉默、坚强的分上
我心平气和地忍气吞声
我知道很多东西不堪一击
它无意走火　把我的屁股
打成两半
成双成对的器官从此夹着
一条关键的单数
我将它移入上衣口袋
胆敢再走火
就请将我的心打成两半
一半用于生
一半用于死
凑合着就生生死死

母亲坟

坟地站满了挺起王家风水的松柏
藤蔓牵着野花围成另一家园的篱墙
远处一条蛇形出山的路时隐时现
让当年独自背叛故土投奔未来的少年
至今仍活在异乡自己属相的命里
半山清风　一浪一浪长出草尖
一页一页翻动初始记忆的日记
鸟群朗诵着青春寄回的书信飞向后山
漫山的花朵挂满枝头
可是童年断线的风筝

我仰面横躺似一块人形祭台
一阵细雨从古诗分行中徐徐赶来
将我和土地牢牢缝合在一起
任身体长出香烛　悲切　哀悼
妈妈　江湖宽广

五十年故土与他乡半生去来

坟里坟外相隔着尘埃

我生命的影子是否也显现在你的世界

琪大爷生于鬼节

寻找身子的双脚无往而不返
却意外停在了通往人间的路口
一些人生于阳历
一些事死于旧历
生背着死走向死等着生的地方

六五年旧历七月半我被下午五时接到人间
开始以三斤半的体重扛起人间的朝露晚霞
生老病死的路上我来不及及时行乐
却看见时间指挥着死正活埋着生

前世的一面半坡上住着一座孤坟
孤坟里住着一名走过忘川的身影
七月的夜半推开墓碑
纳凉　观象　眺望
此时月光遇巧流浪晚到人间

爬出地狱见到天堂的那一个恰巧是我

蛇的叹息　花的妻子　夏日的干涸
我将和你们在人间围席而坐
我是太阳统领着星星和月亮
我是鬼王随意行走于阴阳之上
旧历七月半用生重叠了阳历八月十一日
农历的何年将与死重叠于新年的何月
我将再一次停留在前往来世的路口

秋日：在一首诗中与麦城对饮

落叶飘起风谱着秋日的音符
秋天是你我二王诗歌殿堂的贵客
今年走了明年来
直至有一年我们走了不再回来
秋日里你不断从外婆打下的深井中取出美酒
饮朝露　吸雾气　惯看远山近水
一夜微醉知己犹存
就能把北海的波涛饮入长江面上
那边波澜壮阔　这里山高水长
你总是不断地用烟嘴过滤着结构中的尼古丁
听哥讲　散千金　哪管冷暖人情
秋夜里你饮酒成诗　秋风中我对酒当歌
大风吹山坡　天下百姓无权
流水过浅滩　世间才子无才
入秋以来我一直潜伏在句子中明察暗访
想请一句成语用动词为你治疗形容词腰上的病

当两张沉醉的嘴吹落深秋的一轮夕阳时
你独自一人拄着拐杖把重庆扛回了大连
而你身影溅起的句子如书生策马
一一破开了政治的城门与权力背道而驰

蛇——献给我的属相

灵光一闪
一条弯曲的小路没入童年的草丛
七岁的我的小小的记忆
被路断送在悬崖
我出生在属相曲折漫长的腰上
一九六五年中元节
生活总是若隐若现
直时如箭　柔时如柳
一有风吹草动就躲躲闪闪
盘算着到根下去寻找过日子的窝
盘着　算着
就狠狠地咬上了自己一口

生命是条河

生命是条河
人人都是一条顺流而下的小船

一天绕过一道湾
一月闯过一道峡谷
一年越过一道险滩

小船漂漂从源头出发
绕过三十道弯
就闯过一道峡谷
闯过十二道峡谷
就越过一面险滩
越过百道险滩
才能顺利葬身于大海

生命是条河
很少有小船能见到大海

生死是一对拉锯的下力人

光阴挫齿成锯
生死是一对拉锯的下力人
把一根根圆木似的日子
锯成一块块命如纸薄的木板
又一板一眼地装钉成棺材
慎重地将自己放进去
盖上盖子　钉上钉子

我的大学

一只巨大的鸟笼
被知识主人的手提着放在嘉陵江畔
歌乐山下
长高的时节
我顺便朝前飞
一不注意就飞进了重庆大学的院墙

四面围墙　发黄的书砖混着传统的泥浆
激荡着知识和憧憬一墙一年的四年
我变着想法换着步态从大门走向后门
听课，做作业，讨好校方是一个多边形
站在形状之内的同学可获得优良成绩
之外的就开除或留校查看
站在线上的不补考就降级
山茶花开在花园　花园开在校园
校园内长满了高低各异的树

同理想和奋斗的密度大致相等
不成气候的青果随风飘进球场
就会被足球的大脚踢出场外
每一年批量收获的是学士
再长一季的是硕士
那些长在参天大树上硕果仅存的
是博士，以及博士后面的博后
随理论之风在校园上空高高飘扬

我曾在电机系激进的电流中奋勇前进
又困惑地歇息在电阻的半山腰半途而废
我知道电力系统能照亮生命中该亮的时间和地点
却又常在暂态和稳态的保护中被触得麻木不仁
我开始把黑板装进瞳孔
把重新思考和另辟蹊径背进书包
简单地认为公理是一句话
老师是书本向同学带话的中间人
心情不好就平铺直叙
情绪一高就添油加醋
讲不出来就请在自习中自学成才

从此我发自内心地认为看书不如写书
听课不如听老师的女儿在爱情中讲述誓言

做作业不如把求爱信写成诗寄往女生宿舍
在图书馆懒睡的知识偶尔也被慧眼抹去灰尘
让人一眼就能看见学习和知识之外的别开生面
而我躺在宿舍更像一本没有内容的书
上铺的同学肖洪兵是封面
在深夜的梦中深切地呼唤着女同学李素彩的名字
作为下铺封底的我
就一直相信青春的梦中有一条路
可随意到达我们通过一生努力都无法到达的地方

女生宿舍被大围墙里的小围墙团团围住
一有爱情渗透
就会被守门的老太婆死死地盯回去
从小围墙铁门口通往食堂的路上
男女同学一路上一边忙着进餐
一边忙着一路饱餐秀色
晚自习后一片忙碌的迎来送往

那无数羞涩的回眸一笑
至今让天南地北的无数家庭朝不保夕

偌大的一个采矿系平均每年仅招收三五位女同学
模样长得像地下的矿石
被几百名男生在爱情的深井中
当作稀有矿产开采着

月光下的校园静谧　舒雅
同学们纷纷从书本中走出来
和一生的初恋情人在校园的小径上相依而行
在花草掩隐中急不可待地拥抱接吻
力图用热吻吻出未来共同的气息相通
把掌握的知识和憧憬的未来
用嘴送进相互的体内
沉积在彼此心灵的最深处
而所有这一切
都被正对大校门的一壁《满江红》的悲愤挡在身后
爱情伴着沿江路走进高年级
风雨操场由下而上荡开的石阶暗示着成长的狂野

也有部分理想和爱情被书本的装订线拴成死结
心比天高或大步流星一般都会被校园规则的路径绊倒
在伟大领袖毛主席挥手的塑像下面
一批老教授解了一生
也只能把青丝解成满头茫然不知的白发

一阵离别的风把毕业分配吹向天南地北
被整整四个年头困住的憧憬向远方普及，发展
大学四年是锁着青春情愁的保险柜
那万无一失的遗忘
将守着一生不变的记忆密码

差三天满四年的一个上午
同学们踌躇满志　意气风发
准备着踏入广阔天地去大有作为
而我却被校方当作一句病语
从诗歌的后校门删除
那一句无法更改的语病
至今让我不能安身立命

北方在南方的出路

当北方的雪　走完南方最后一个村庄
一次梦想失眠在一张床上与夜晚平行
时间与地点因爱情擦肩而永恒
一抹影站在一面镜中与白昼垂直
落地生根而又相形见绌
容颜在其间渐次老去
回忆埋伏着憧憬曾经永远的痛
故乡是伤口永远喊不出声的异乡

我们的忧伤　在一条回不了家的路上流浪

夕阳在黄昏尽头关门打烊

我驰骋在一条条灵魂出窍的笔迹上

文字曾派年少去翻越过成长的围墙

色彩曾陪爱情走入青春的深深窄巷

当霞光歇息在灯光失眠的床上

顺着乡愁晚归的方向　我们的忧伤

在一条回不了家的路上流浪

月亮凭空亮出思念的营业执照

你穿行在一根根缝制未来的线上

绣一座家园　扎根在心的故乡

织一扇门窗关上挡风避雨的一生守望

当月光叫醒黎明早起的曙光

顺着乡愁早起的方向　我们的忧伤

在一条回不了家的路上流浪

西山上放羊的老汉

小时候的西山好高好大
高得让人抬不起头来
他想用一生的时间
也不太可能走出这座山

长大后他年年岁岁放着羊孙的羊孙
西山常被他踩在脚下
有时他一个人在山顶呆呆地望着远方
喃喃地对羊们说：其实这山并不好大
羊群一代接一代被他赶进了山外人的胃中
时间一晃一晃　西山一动不动

如今他老了　一手拄拐　一手扬鞭
他觉得西山从未如此沉重过
重得让自己喘不过气来
遗憾的是年轻那会儿没讨上媳妇

不然现在放羊的该是他儿子的儿子了
西山不是也没有儿子吗
他真嫉妒羊　它们能牧出自己无尽的后代

每天黄昏时刻西山顶上准时停着一轮落日
他左手拄拐右手扬鞭赶着羊群走进夕阳
走进去　夕阳便落下山去

献给七大爷五十岁生日

我从来世来　往前世去
借过人间路一条
死一轮　生一轮
老子红尘倒起行
我从未来来　往从前去
光阴做本来买命
半天白　半天黑
日月颠倒两交接
我从去处来往来处去
百尺竿头降半旗
八月双　十一单
五十年前七月半

走出身体之外

家躲在乡下
炊烟捎着山路往上爬
童年在故土开着成长的花
年龄住在容颜里
脚印埋葬着生命的行程
眼还没来得及看见自己的脸
便已走出了自己身体之外
结束才是开始的神圣仪式
心死了爱仍在生长

从此汽笛拉痛思念的远

那一夜爱情在岸上，
我将就此在岁月长河中随波逐流。
一声汽笛撕碎分离的心，
曾经的爱人自此形同陌路。
夜色苍苍，前路茫茫，随命而迁，
你心中埋葬的我，渐行渐远，
我将身体抽丝剥茧捻成线，
被远去愈拉愈长，愈长愈痛，何时能麻木！一个个远方都将成为残酷的眼前……

我是秋风中一件无人认领的包裹

包里裹着一首结不了尾的诗　一支笔
诗中迎风转出一条忧伤的小路
走过爱情北方　飘零在山城街巷
将包裹当包袱取走
往秋日孤独深处而去
赶着把入冬的霜雪收进诗的结尾
深秋叹息声中落叶纷飞
时光小溪从笔尖缓缓流入诗中
溪水绕过行句　情爱朝不保夕
悲凉相向而泣中传出风的呻吟
丰收到过大地留下无边空白
山河青黄地气难接
我孤绝地坐在秋天深处　打开包裹
用笔蘸着愁绪写下离别
诗中一片凄凉　萧瑟
昔日风中承诺　落地入土

被根读取成为来年枝头的回信
我是信中省略号埋伏在秋后的思念
被日子远去拉扯成词　孤立为字
最终消解成笔画
正一笔一笔将这首诗写完

易

一日一黑白
一些男人与天空垂直
一些女人与大地平行

一年一四季
一些冷暖牵扯人心
一些枯荣淡出天地

一生一始终
一些死先走出生
一些生后到达死

三人行

政治、经济、文化
老子被排在第三

第一我不认识
第二是我好兄弟

我想倒过来排时
我有些认识不了自己
我本来就不认识自己

祖国啊，母亲

祖国　如今不用介绍信我就能在你的地盘上去去来来
我外公曾以地主的身份走到专政的枪口下
我也曾去过村庄　学校　受审所乃至花前月下
可我仍旧害怕走得太深太远
我怕我怕深远了就再也回不来

祖国　如今不用票证我就能穿衣吃饭
我土地般伟大的爷爷曾为两尺布票弯下过高贵的腰
我也曾吃香喝辣着盛装穿锦衣
可我从来就不敢吃饱穿暖
我怕　我怕突然有一天倒回去吃低保

妈妈　自从你离开人世后
我便是一个被两串泪珠挂在凄凉上的孤儿
妈妈我想你想得我心疼
我真的还是一个没有长大的孩子

人好多路好长

我怕　我怕生活的重担压得我直不起腰
我最怕卑躬屈膝地走在自己的人生路途上

妈妈天好高　妈妈地好厚
我怕　我怕从中掉下来砸得粉碎
我最怕将来以一个变形的躯体到下一个世界去见你

年份的十二个月份

一月

一月躺下是一条文字走上绝句的路
站着是一根阿拉伯数字的脊梁
未来在此刻从来都一尘不染
一双风吟草摇的秋波
从中看清了自己无辜的深情

踩着正负的深浅落入零的圈套
那里有故乡出生的村庄
春天昂首秋季低头的庄稼
花鸟背着洁白无瑕的向往
走长长的山路
告别沿途擦肩而过的成长

一月责令时间从一日开始

细数着每个生命还剩余的日子
并将它们一一串成项链
高挂在光阴的脖子上
要么从此让时光闪闪发光
要么寸寸勒死不争气的自己

二月

一股从冬季内部开始长征的风
越过冰雪饥寒的围追堵截
到达二月将三日立在节气的山岗
并打出写有春字的旗号

元宵包着二奶的心
顺早春的风滚进情人节日的被窝
婚姻从即将破裂的缝隙里探出头来
看见一只狐狸正把出墙的寓言变成传说

旧历举弓　阳历拉弦
我将远方的自己射向心灵的家园

一条小溪流经住在二月的二十八个村庄
无声地拉响二胡的记忆

三月

风水醉在三月的形容修辞里
花朵揭开绿帽
鸟在布谷声中播下秋后还账的种子
性正一步一个脚印地把自己归还给命
今宵花前月下等你的影子
依旧是十六岁的痴情

一去不回头的门外一场春心萌动的雨
洗尽了一个成语树下的守株待兔
以及红杏出墙的正当理由
我准时回到思念的故乡三月十三
为三月十五暴病而亡的婚姻上坟
风中一对各怀心事的蝴蝶
飞过一片无法修改错误情节的往事
停在三月心思不定的水波上

两个名词的一夜情被押上一个动词的审判席
道破了婚姻法是爱情的天敌
昨天的誓言已成为今天过时的咒语
将行凶的痴情五花大绑押上刑场
一声枪响婚姻倒在爱情的血泊中
从此我是死了还活着的我

四月

清明打着长满青苔的油纸伞
走过古诗诵出的泥泞小路
到达一座活着的坟前
可我从未生过岂敢死

日子回不了家乡却留住了异乡
流浪顺着花开的声音寻觅到他乡
光阴找不回前世注定走失的姻缘
可我从未爱过岂敢恨

四月让一个三月半死在婚姻里的诗人
从自己手中笔下的画中活过来
诗歌在字里行间误会着画意
可我从未开始成功岂敢失败

四月埋伏着一支三十人组成的敢死队
每天活埋一名战友以殉日子
四月和风浩荡沐浴辽阔远方
可我只问了三次岂敢知道第四次答案

五月

劳动怀着青春梦想的身孕
晚霞脱去外套羞红了夕阳的脸庞
夏季的热情留不住春天的俏丽
五月　五月红色在地平线流淌着鲜血
革命弯下这行诗的腰去拾起一粒火种

五月外遇荒野产下名叫生长的私生子
生长撑破日月颠倒黑白

曾经与未来就此青黄不接
五月　五月花落地果青涩
我不该躲在这行诗的背后笑看岁月

迟到的浪子在母亲坟前拉长了一个下午的独白
我牵着爱情静若处子的手走过童年的田野
含泪走过不得不再一次告别的故土沉默
五月　五月无尽的美丽行到天黑
我裸着这行诗与时间做爱三天三夜

六月

童年独自在乡村小路上做着赶集的梦
山水不改姓名　土地长生不老
地址连着行踪　时间断定记忆
那一年六月　少年领着童年去拜望了青春

曾经的每一个脚印都是一抹成长的痕迹
每一节行程都是一段汗水渍黄的记忆
成长在成熟中被埋葬成为明天的根

风一动情朗诵雨便流泪感动

六月的阳光是奔向大地的长弦
老去或死去是步步逼近的弦外之音
一日的钥匙已打不开往昔六月的门
从前在昨天的门外踯躅徘徊

七月

七月七爷追击岁月路过今夜
顺道下榻你家新房做客
按阴阳玄拍将产下一七月半的早产儿
七月的女主人赠我一柄阿拉伯匕首
七爷用刀在她胸前刻下一朵雪莲
从此热情煮沸了她全身爱情奔涌的血液

七月你胆敢返回四十九年前的旧历
七爷将在中元节用一个时辰把自己重生
按命理择相术于蛇腰
生出一个三斤半的枯瘦小爷

届时从古代派往未来的一条后路
沿途将留给我一枝修改命运的笔

七月站于长江之边南山之巅
汗珠淌过月份的嘴脸
汇聚成眺望眼中秋日的波
七月七爷抱着一行爱情诗
从字里行间前往海边华北
夜夜陪爱看海上生明月

八月

八月是一对倾心热吻的情侣
他们梦想成为一个人
他们几乎就成了一个人
连同那个人一双飞翔的翅膀

城市在八月沦为流浪的孤儿
家乡住在含义深远的山中
那里桂花飘香清泉横流

而八月独自在高处顶起下垂的烈日
再难踏上庙宇曾走过的山路

激情的风翻过八月的山峦
穿行在乡村小路的月份上
通过团结一致
去确立迎来秋天的日子

年迈的老树被连根拔起押往城市打工
深处的根仍守着山中的痛
蝉鸣声声呼唤着汗流浃背的叶
在秋天流尽最后一滴泪
以表达孤独飘零的凄凉

旧历八月跟在新历八月身后
相继走入九月
九月回过头来
看见我们在八月初建立的军队战无不胜
在中旬过着劫后余生相聚的节日

九月

纷纷落叶弯腰刮起风吹弯月
中秋备诗酒把节日过得阴晴圆缺
月光爬上床晚风吹夜凉
一扇朝北的窗徐徐推开深秋之夜

梦回家的路走失在午夜的背面
失眠披着单薄的外套风餐露宿
拂晓拐进九月的胡同登上清晨的台阶
由近至远从低到高天边就在眼前

离别的天空飞翔着思念的情书
秋日烟雨迷离晓月海棠一色
长江南山透支着不舍昼夜的离别
九月日日暖阳好高夜夜冷月好远

九月的爱情表白心意已决
守一花独放心不再流浪
择一地终老写等身诗稿

可我与谁白首画天长地久

十月

十月是一张黑字写给白纸的欠条

十一月

化学用十一月的方程式分解着冰霜
一根瘦骨被冷和饿抽成两条虚线

两场针角细密的雨紧扎大地尘埃
我被深秋当作象征落进初冬窖藏

游子猛追夕阳　故乡死守黄昏
日月日日因黑白与爱情擦肩而过

年幼的我和年迈的我在风口并肩而立
萧瑟与惆怅曾在这个月来过十一次

十二月

一副瘦若枯枝的担架
将日子抬进最后的月份
十二月坐霜椅伏雪案
一年的终结葬送着最后的日子
以换取光阴的旧历编制

今和明是一对隔着河流的时光
我必须严厉警告本年度最后的日子
再冷下去我将以蛇的名义冬眠
十二月一路向北
我病卧床榻在体内走南闯北

这一年你最终为纸笔悬挂过十二弯远月
圆了一个个笔在纸上行走的不眠之夜
今夜我奔出体外风高月黑
窗外寒风中将有一场大雪
覆盖一年走入下一个一月

往事在记忆里流浪

童年是流浪的家乡
村里住着炊烟白房
往事在记忆里流浪
小溪牵着儿时向往
梦托流水寄向远方

流浪才是路的故乡
少年远行一路芬芳
爱情在青春里徜徉
笔下藏进诗中姑娘
伴我一生鲜活模样

未来是今朝的他乡
路过恰似生命流量
从前正被将来遗忘
黄昏后梦是路边床
天地苍茫我心凄凉